13*13 Taschenbuch Literatur Klassiker

AF205583

Band 5
Gerhart Hauptmann
Bahnwärter Thiel
Novellistische Studie aus dem märkischen Kiefernforst
1888

Gerhart Hauptmann
Bahnwärter Thiel
Novellistische Studie aus dem märkischen Kiefernforst
1888

FSC
www.fsc.org
MIX
Papier aus ver-
antwortungsvollen
Quellen
Paper from
responsible sources
FSC® C105338

Band 5
1.Auflage
13*13 TLK Taschenbuch-Literatur-Klassiker
Herausgegeben von Frank Weber, Marburg
Bibliografische Information der Deutschen Nationalbibliothek:
Die Deutsche Nationalbibliothek verzeichnet diese Publikation in der Deutschen
Nationalbibliografie; detaillierte bibliografische Daten sind im Internet abrufbar über
http://dnb.dnb.de
© 2018 Gerhard Hauptmann
ISBN: 9783746080406
Herstellung und Verlag: BoD – Books on Demand, Norderstedt

Inhalt: Seite:

1

Allsonntäglich saß der Bahnwärter Thiel in der Kirche zu Neu-Zittau, ausgenommen die Tage, an denen er Dienst hatte oder krank war und zu Bette lag. Im Verlaufe von zehn Jahren war er zweimal krank gewesen; das eine Mal infolge eines vom Tender einer Maschine während des Vorbeifahrens herabgefallenen Stückes Kohle, welches ihn getroffen und mit zerschmettertem Bein in den Bahngraben geschleudert hatte; das andere Mal einer Weinflasche wegen, die aus dem vorüberrasenden Schnellzuge mitten auf seine Brust geflogen war. Außer diesen beiden Unglücksfällen hatte nichts vermocht, ihn, sobald er frei war, von der Kirche fernzuhalten.

Die ersten fünf Jahre hatte er den Weg von Schön-Schornstein, einer Kolonie an der Spree, herüber nach Neu-Zittau allein machen müssen. Eines schönen Tages war er dann in Begleitung eines schmächtigen und kränklich aussehenden Frauenzimmers erschienen, die, wie die Leute meinten, zu seiner herkulischen Gestalt wenig gepasst hatte. Und wiederum eines schönen Sonntag Nachmittags reichte er dieser selben Person am Altare der Kirche feierlich die Hand zum Bunde fürs Leben. Zwei Jahre nun saß das junge, zarte Weib ihm zur Seite in der Kirchenbank; zwei Jahre blickte ihr hohlwangiges, feines Gesicht neben seinem vom Wetter gebräunten in das uralte Gesangbuch --; und plötzlich saß der Bahnwärter wieder allein wie zuvor.

An einem der vorangegangenen Wochentage hatte die Sterbeglocke geläutet: das war das Ganze.

An dem Wärter hatte man, wie die Leute versicherten, kaum eine Veränderung wahrgenommen. Die Knöpfe seiner sauberen Sonntagsuniform waren so blank geputzt als je zuvor, seine roten Haare so wohl geölt und militärisch gescheitelt wie immer, nur dass er den breiten, behaarten Nacken ein wenig gesenkt trug und noch eifriger der Predigt lauschte oder sang, als er es früher getan hatte.

Es war die allgemeine Ansicht, dass ihm der Tod seiner Frau nicht sehr nahe gegangen sei; und diese Ansicht erhielt eine Bekräftigung, als sich Thiel nach Verlauf eines Jahres zum zweiten Male, und zwar mit einem dicken und starken Frauenzimmer, einer Kuhmagd aus Alte-Grund, verheiratete. Auch der Pastor gestattete sich, als Thiel die Trauung anmelden kam, einige Bedenken zu äußern:

»Ihr wollt also schon wieder heiraten?«

»Mit der Toten kann ich nicht wirtschaften, Herr Prediger!«

»Nun ja wohl -- aber ich meine -- Ihr eilt ein wenig.«

»Der Junge geht mir drauf, Herr Prediger.«

Thiels Frau war im Wochenbett gestorben, und der Junge, welchen sie zur Welt gebracht, lebte und hatte den Namen Tobias erhalten.

»Ach so, der Junge«, sagte der Geistliche und machte eine Bewegung, die deutlich zeigte, dass er sich des Kleinen erst jetzt erinnere. »Das ist etwas andres -- wo habt Ihr ihn denn untergebracht, während Ihr im Dienst seid?«

Thiel erzählte nun, wie er Tobias einer alten Frau übergeben, die ihn einmal beinahe habe verbrennen lassen, während er ein anderes Mal von ihrem Schoß auf die Erde gekugelt sei, ohne glücklicherweise mehr als eine große Beule davonzutragen. Das könne nicht so weitergehen, meinte er, zudem da der Junge, schwächlich wie er sei, eine ganz besondere Pflege benötige. Deswegen und ferner, weil er der Verstorbenen in die Hand gelobt, für die Wohlfahrt des Jungen zu jeder Zeit ausgiebig Sorge zu tragen, habe er sich zu dem Schritte entschlossen. --

Gegen das neue Paar, welches nun allsonntäglich zur Kirche kam, hatten die Leute äußerlich durchaus nichts einzuwenden. Die frühere Kuhmagd schien für den Wärter wie geschaffen.

Sie war kaum einen halben Kopf kleiner wie er und übertraf ihn an Gliederfülle. Auch war ihr Gesicht ganz so grob geschnitten wie das seine, nur dass ihm im Gegensatz zu dem des Wärters die Seele abging.

Wenn Thiel den Wunsch gehegt hatte, in seiner zweiten Frau eine unverwüstliche Arbeiterin, eine musterhafte Wirtschafterin zu haben, so war dieser Wunsch in überraschender Weise in Erfüllung gegangen. Drei Dinge jedoch hatte er, ohne es zu wissen, mit seiner Frau in Kauf genommen: eine harte, herrschsüchtige Gemütsart, Zanksucht und brutale Leidenschaftlichkeit. Nach Verlauf eines halben Jahres war es ortsbekannt, wer in dem Häuschen des Wärters das Regiment führte. Man bedauerte den Wärter.

Es sei ein Glück für »das Mensch«, dass sie ein so gutes Schaf wie den Thiel zum Manne bekommen habe, äußerten die aufgebrachten Ehemänner; es gäbe welche, bei denen sie gräulich anlaufen würde. So ein »Tier« müsse doch kirre zu machen sein, meinten sie, und wenn es nicht anders ginge, denn mit Schlägen. Durchgewalkt müsse sie werden, aber dann gleich so, dass es zöge.

Sie durchzuwalken aber war Thiel trotz seiner sehnigen Arme nicht der Mann. Das, worüber sich die Leute ereiferten, schien ihm wenig Kopfzerbrechen zu machen. Die endlosen Predigten seiner Frau ließ er gewöhnlich wortlos über sich ergehen, und wenn er einmal antwortete, so stand das schleppende Zeitmaß, sowie der leise, kühle Ton seiner Rede in seltsamstem Gegensatz zu dem kreischenden Gekeif seiner Frau. Die Außenwelt schien ihm wenig anhaben zu können: es war, als trüge er etwas in sich, wodurch er alles Böse, was sie ihm antat, reichlich mit Gutem aufgewogen erhielt.

Trotz seines unverwüstlichen Phlegmas hatte er doch Augenblicke, in denen er nicht mit sich spaßen ließ. Es war dies immer anlässlich solcher Dinge, die Tobiaschen betrafen. Sein kindgutes, nachgiebiges Wesen gewann dann einen Anstrich von Festigkeit, dem selbst ein so unzähmbares Gemüt wie das Lenes nicht entgegenzutreten wagte.

Die Augenblicke indes, darin er diese Seite seines Wesens herauskehrte, wurden mit der Zeit immer seltener und verloren sich zuletzt ganz. Ein gewisser leidender Widerstand, den er der Herrschsucht Lenens während des ersten Jahres entgegengesetzt, verlor sich ebenfalls im zweiten. Er ging nicht mehr mit der früheren Gleichgültigkeit zum Dienst, nachdem er einen Auftritt mit ihr gehabt, wenn er sie nicht vorher besänftigt hatte. Er ließ sich am Ende nicht selten herab, sie zu bitten, doch wieder gut zu sein. -- Nicht wie sonst mehr war ihm sein einsamer Posten inmitten des märkischen Kiefernforstes sein liebster Aufenthalt. Die stillen, hingebenden Gedanken an sein verstorbenes Weib wurden von denen an die Lebende durchkreuzt. Nicht widerwillig, wie die erste Zeit, trat er den Heimweg an, sondern mit leidenschaftlicher Hast, nachdem er vorher oft Stunden und Minuten bis zur Zeit der Ablösung gezählt hatte.

Er, der mit seinem ersten Weibe durch eine mehr vergeistigte Liebe verbunden gewesen war, geriet durch die Macht roher Triebe in die Gewalt seiner zweiten Frau und wurde zuletzt in allem fast unbedingt von ihr abhängig. –

Zuzeiten empfand er Gewissensbisse über diesen Umschwung der Dinge und er bedurfte einer Anzahl außergewöhnlicher Hilfsmittel, um sich darüber hinweg zu helfen. So erklärte er sein Wärterhäuschen und die Bahnstrecke, die er zu besorgen hatte, insgeheim gleichsam für geheiligtes Land, welches ausschließlich den Manen der Toten gewidmet sein sollte. Mit Hilfe von allerhand Vorwänden war es ihm in der Tat bisher gelungen, seine Frau davon abzuhalten, ihn dahin zu begleiten.

Er hoffte es auch fernerhin tun zu können. Sie hätte nicht gewusst, welche Richtung sie einschlagen sollte, um seine »Bude«, deren Nummer sie nicht einmal kannte, aufzufinden.

Dadurch, dass er die ihm zu Gebote stehende Zeit somit gewissenhaft zwischen die Lebende und Tote zu teilen vermochte, beruhigte Thiel sein Gewissen in der Tat.

Oft freilich und besonders in Augenblicken einsamer Andacht, wenn er recht innig mit der Verstorbenen verbunden gewesen war, sah er seinen jetzigen Zustand im Lichte der Wahrheit und empfand davor Ekel.

Hatte er Tagdienst, so beschränkte sich sein geistiger Verkehr mit der Verstorbenen auf eine Menge lieber Erinnerungen aus der Zeit seines Zusammenlebens mit ihr. Im Dunkel jedoch, wenn der Schneesturm durch die Kiefern und über die Strecke raste, in tiefer Mitternacht beim Scheine seiner Laterne, da wurde das Wärterhäuschen zur Kapelle.

Eine verblichene Photographie der Verstorbenen vor sich auf dem Tisch, Gesangbuch und Bibel aufgeschlagen, las und sang er abwechselnd die lange Nacht hindurch, nur von den in Zwischenräumen vorbeitobenden Bahnzügen unterbrochen, und geriet hierbei in eine Ekstase, die sich zu Gesichten steigerte, in denen er die Tote leibhaftig vor sich sah.

Der Posten, den der Wärter nun schon zehn volle Jahre ununterbrochen innehatte, war aber in seiner Abgelegenheit dazu angetan, seine mystischen Neigungen zu fördern.

Nach allen vier Windrichtungen mindestens durch einen dreiviertelstündigen Weg von jeder menschlichen Wohnung entfernt,

lag die Bude inmitten des Forstes dicht neben einem Bahnübergang, dessen Barrieren der Wärter zu bedienen hatte.
Im Sommer vergingen Tage, im Winter Wochen, ohne dass ein menschlicher Fuß, außer denen des Wärters und seines Kollegen, die Strecke passierte. Das Wetter und der Wechsel der Jahreszeiten brachten in ihrer periodischen Wiederkehr fast die einzige Abwechslung in diese Einöde. Die Ereignisse, welche im übrigen den regelmäßigen Ablauf der Dienstzeit Thiels außer den beiden Unglücksfällen unterbrochen hatten, waren unschwer zu überblicken. Vor vier Jahren war der kaiserliche Extrazug, der den Kaiser nach Breslau gebracht hatte, vorübergejagt. In einer Winternacht hatte der Schnellzug einen Rehbock überfahren.

An einem heißen Sommertage hatte Thiel bei seiner Streckenrevision eine verkorkte Weinflasche gefunden, die sich glühend heiß anfasste und deren Inhalt deshalb von ihm für sehr gut gehalten wurde, weil er nach Entfernung des Korkes einer Fontäne gleich herausquoll, also augenscheinlich gegoren war. Diese Flasche, von Thiel in den seichten Rand eines Waldsees gelegt, um abzukühlen, war von dort auf irgend welche Weise abhandengekommen, so dass er noch nach Jahren ihren Verlust bedauern musste.

Einige Zerstreuung vermittelte dem Wärter ein Brunnen dicht hinter seinem Häuschen. Von Zeit zu Zeit nahmen in der Nähe beschäftigte Bahn- oder Telegraphenarbeiter einen Trunk daraus, wobei natürlich ein kurzes Gespräch mit unterlief. Auch der Förster kam zuweilen, um seinen Durst zu löschen.

Tobias entwickelte sich nur langsam: erst gegen Ablauf seines zweiten Lebensjahres lernte er notdürftig sprechen und gehen. Dem Vater bewies er eine ganz besondere Zuneigung. Wie er verständiger wurde, erwachte auch die alte Liebe des Vaters wieder. In dem Maße, wie diese zunahm, verringerte sich die Liebe der Stiefmutter zu Tobias und schlug sogar in unverkennbare Abneigung um, als Lene nach Verlauf eines neuen Jahres ebenfalls einen Jungen gebar.

Von da ab begann für Tobias eine schlimme Zeit. Er wurde besonders in Abwesenheit des Vaters unaufhörlich geplagt und musste ohne die geringste Belohnung dafür seine schwachen Kräfte im Dienste des kleinen Schreihalses einsetzen, wobei er sich mehr und mehr aufrieb.

ein Kopf bekam einen ungewöhnlichen Umfang; die brandroten Haare und das kreidige Gesicht darunter machten einen unschönen und im Verein mit der übrigen kläglichen Gestalt erbarmungswürdigen Eindruck. Wenn sich der zurückgebliebene Tobias solchergestalt, das kleine, von Gesundheit strotzende Brüderchen auf dem Arme, hinunter zur Spree schleppte, so wurden hinter den Fenstern der Hütten Verwünschungen laut, die sich jedoch niemals hervorwagten.

Thiel aber, welchen die Sache doch vor allem anging, schien keine Augen für sie zu haben und wollte auch die Winke nicht verstehen, welche ihm von wohlmeinenden Nachbarsleuten gegeben wurden.

2

An einem Junimorgen gegen sieben Uhr kam Thiel aus dem Dienst. Seine Frau hatte nicht so bald ihre Begrüßung beendet, als sie schon in gewohnter Weise zu lamentieren begann. Der Pachtacker, welcher bisher den Kartoffelbedarf der Familie gedeckt hatte, war vor Wochen gekündigt worden, ohne dass es Lenen bisher gelungen war, einen Ersatz dafür ausfindig zu machen. Wenngleich nun die Sorge um den Acker zu ihren Obliegenheiten gehörte, so musste doch Thiel einmal übers andre hören, dass niemand als er daran schuld sei, wenn man in diesem Jahre zehn Sack Kartoffeln für schweres Geld kaufen müsse. Thiel brummte nur und begab sich, Lenens Reden wenig Beachtung schenkend, sogleich an das Bett seines Ältesten, welches er in den Nächten, wo er nicht im Dienst war, mit ihm teilte. Hier ließ er sich nieder und beobachtete mit einem sorglichen Ausdruck seines guten Gesichts das schlafende Kind, welches er, nachdem er die zudringlichen Fliegen eine Weile von ihm abgehalten, schließlich weckte. In den blauen, tiefliegenden Augen des Erwachenden malte sich eine rührende Freude. Er griff hastig nach der Hand des Vaters, indes sich seine Mundwinkel zu einem kläglichen Lächeln verzogen. Der Wärter half ihm sogleich beim Anziehen der wenigen Kleidungsstücke, wobei plötzlich etwas wie ein Schatten durch seine Mienen lief, als er bemerkte, dass sich auf der rechten, ein wenig angeschwollenen Backe einige Fingerspuren weiß in rot abzeichneten.

Als Lene beim Frühstück mit vergrößertem Eifer auf vorberegte Wirtschaftsangelegenheit zurückkam, schnitt er ihr das Wort ab mit der Nachricht, dass ihm der Bahnmeister ein Stück Land längs des Bahndammes in unmittelbarer Nähe des Wärterhauses umsonst überlassen habe, angeblich weil es ihm, dem Bahnmeister, zu abgelegen sei.

Lene wollte das anfänglich nicht glauben. Nach und nach wichen jedoch ihre Zweifel, und nun geriet sie in merklich gute Laune. Ihre Fragen nach Größe und Güte des Ackers sowie andre mehr verschlangen sich förmlich, und als sie erfuhr, dass bei alledem noch zwei Zwergobstbäume darauf stünden, wurde sie rein närrisch. Als nichts mehr zu erfragen übrig blieb, zudem die Türglocke des Krämers, die man, beiläufig gesagt, in jedem einzelnen Hause des Ortes vernehmen konnte, unaufhörlich anschlug, schoss sie davon, um die Neuigkeit im Örtchen auszusprengen.

Während Lene in die dunkle, mit Waren überfüllte Kammer des Krämers kam, beschäftigte sich der Wärter daheim ausschließlich mit Tobias. Der Junge saß auf seinen Knien und spielte mit einigen Kieferzapfen, die Thiel mit aus dem Walde gebracht hatte.

»Was willst du werden?« fragte ihn der Vater, und diese Frage war stereotyp wie die Antwort des Jungen: »ein Bahnmeister.« Es war keine Scherzfrage, denn die Träume des Wärters verstiegen sich in der Tat in solche Höhen, und er hegte allen Ernstes den Wunsch und die Hoffnung, dass aus Tobias mit Gottes Hilfe etwas Außergewöhnliches werden sollte. Sobald die Antwort »ein Bahnmeister« von den blutlosen Lippen des Kleinen kam, der natürlich nicht wusste, was sie bedeuten sollte, begann Thiels Gesicht sich aufzuhellen, bis es förmlich strahlte von innerer Glückseligkeit.

»Geh, Tobias, geh spielen!« sagte er kurz darauf, indem er eine Pfeife Tabak mit einem im Herdfeuer entzündeten Span in Brand steckte, und der Kleine drückte sich alsbald in scheuer Freude zur Türe hinaus. Thiel entkleidete sich, ging zu Bett und entschlief, nachdem er geraume Zeit gedankenvoll die niedrige und rissige Stubendecke angestarrt hatte. Gegen zwölf Uhr mittags erwachte er, kleidete sich an und ging, während seine Frau in ihrer lärmenden Weise das Mittagbrot bereitete, hinaus auf die Straße, wo er Tobiaschen sogleich aufgriff, der mit den Fingern Kalk aus einem Loche in der Wand kratzte und in den Mund steckte.

Der Wärter nahm ihn bei der Hand und ging mit ihm an den etwa acht Häuschen des Ortes vorüber bis hinunter zur Spree, die schwarz und glasig zwischen schwach belaubten Pappeln lag.

Dicht am Rande des Wassers befand sich ein Granitblock, auf welchen Thiel sich niederließ.

Der ganze Ort hatte sich gewöhnt, ihn bei nur irgend erträglichem Wetter an dieser Stelle zu erblicken. Die Kinder besonders hingen an ihm, nannten ihn »Vater Thiel« und wurden von ihm besonders in mancherlei Spielen unterrichtet, deren er sich aus seiner Jugendzeit erinnerte. Das Beste jedoch von dem Inhalt seiner Erinnerungen war für Tobias. Er schnitzelte ihm Fitschepfeile, die höher flogen wie die aller anderen Jungen. Er schnitt ihm Weidenpfeifchen und ließ sich sogar herbei, mit seinem verrosteten Bass das Beschwörungslied zu singen, während er mit dem Horngriff seines Taschenmessers die Rinde leise klopfte.

Die Leute verübelten ihm seine Läppschereien; es war ihnen unerfindlich, wie er sich mit den Rotznasen so viel abgeben konnte. Im Grunde durften sie jedoch damit zufrieden sein, denn die Kinder waren unter seiner Obhut gut aufgehoben. Überdies nahm Thiel auch ernste Dinge mit ihnen vor, hörte den Großen ihre Schulaufgaben ab, half ihnen beim Lernen der Bibel- und Gesangbuchverse und buchstabierte mit den Kleinen »a« -- »b« - - »ab«, »d« -- »u« -- »du« und so fort.

Nach dem Mittagessen legte sich der Wärter abermals zu kurzer Ruhe nieder. Nachdem sie beendigt war, trank er den Nachmittagskaffee und begann gleich darauf sich für den Gang in den Dienst vorzubereiten. Er brauchte dazu, wie zu allen seinen Verrichtungen, viel Zeit; jeder Handgriff war seit Jahren geregelt; in stets gleicher Reihenfolge wanderten die sorgsam auf der kleinen Nussbaumkommode ausgebreiteten Gegenstände: Messer, Notizbuch, Kamm, ein Pferdezahn, die alte eingekapselte Uhr in die Taschen seiner Kleider. Ein kleines, in rotes Papier eingeschlagenes Büchelchen wurde mit besonderer Sorgfalt behandelt. Es lag während der Nacht unter dem Kopfkissen des Wärters und wurde am Tage von ihm stets in der Brusttasche des

Dienstrockes herumgetragen. Auf der Etikette unter dem Umschlag stand in unbeholfenen, aber verschnörkelten Schriftzügen, von Thiels Hand geschrieben: Sparkassenbuch des Tobias Thiel.

Die Wanduhr mit dem langen Pendel und dem gelbsüchtigen Zifferblatt zeigte dreiviertel fünf, als Thiel fortging. Ein kleiner Kahn, sein Eigentum, brachte ihn über den Fluss. Am jenseitigen Spreeufer blieb er einige Male stehen und lauschte nach dem Ort zurück.

Endlich bog er in einen breiten Waldweg und befand sich nach wenigen Minuten inmitten des tiefaufrauschenden Kiefernforstes, dessen Nadelmassen einem schwarzgrünen, wellenwerfenden Meere glichen. Unhörbar wie auf Filz schritt er über die feuchte Moos- und Nadelschicht des Waldbodens.

Er fand seinen Weg ohne aufzublicken, hier durch die rostbraunen Säulen des Hochwaldes, dort weiterhin durch dicht verschlungenes Jungholz, noch weiter über ausgedehnte Schonungen, die von einzelnen hohen und schlanken Kiefern überschattet wurden, welche man zum Schutze für den Nachwuchs aufbehalten hatte. Ein bläulicher, durchsichtiger, mit allerhand Düften geschwängerter Dunst stieg aus der Erde auf und ließ die Formen der Bäume verwaschen erscheinen. Ein schwerer, milchiger Himmel hing tief herab über die Baumwipfel. Krähenschwärme badeten gleichsam im Grau der Luft, unaufhörlich ihre knarrenden Rufe ausstoßend. Schwarze Wasserlachen füllten die Vertiefungen des Weges und spiegelten die trübe Natur noch trüber wider.

»Ein furchtbares Wetter«, dachte Thiel, als er aus tiefem Nachdenken erwachte und aufschaute.

Plötzlich jedoch bekamen seine Gedanken eine andere Richtung. Er fühlte dunkel, dass er etwas daheim vergessen haben müsse, und wirklich vermisste er beim Durchsuchen seiner Taschen das Butterbrot, welches er der langen Dienstzeit halber stets mitzunehmen genötigt war. Unschlüssig blieb er eine Weile stehen, wandte sich dann aber plötzlich und eilte in der Richtung des Dorfes zurück.

In kurzer Zeit hatte er die Spree erreicht, setzte mit wenigen kräftigen Ruderschlägen über und stieg gleich darauf, am ganzen Körper schwitzend, die sanft ansteigende Dorfstraße hinauf. Der alte, schäbige Pudel des Krämers lag mitten auf der Straße. Auf dem geteerten Plankenzaune eines Kossätenhofes saß eine Nebelkrähe. Sie spreizte die Federn, schüttelte sich, nickte, stieß ein ohrenzerreißendes »krä«, »krä« aus und erhob sich mit pfeifendem Flügelschlag, um sich vom Winde in der Richtung des Forstes davontreiben zu lassen.

Von den Bewohnern der kleinen Kolonie, etwa zwanzig Fischern und Waldarbeitern mit ihren Familien, war nichts zu sehen.

Der Ton einer kreischenden Stimme unterbrach die Stille so laut und schrill, dass der Wärter unwillkürlich mit Laufen innehielt. Ein Schwall heftig herausgestoßener, misstönender Laute schlug an sein Ohr, die aus dem offenen Giebelfenster eines niedrigen Häuschens zu kommen schienen, welches er nur zu wohl kannte.

Das Geräusch seiner Schritte nach Möglichkeit dämpfend, schlich er sich näher und unterschied nun ganz deutlich die Stimme seiner Frau. Nur noch wenige Bewegungen, und die meisten ihrer Worte wurden ihm verständlich.

»Was, du unbarmherziger, herzloser Schuft! Soll sich das elende Wurm die Plautze ausschreien vor Hunger? -- wie? Na wart nur, wart, ich will dich lehren aufpassen! -- Du sollst dran denken.« Einige Augenblicke blieb es still; dann hörte man ein Geräusch, wie wenn Kleidungsstücke ausgeklopft würden; unmittelbar darauf entlud sich ein neues Hagelwetter von Schimpfworten.

»Du erbärmlicher Grünschnabel«, scholl es im schnellsten Tempo herunter, »meinst du, ich sollte mein leibliches Kind wegen solch einem Jammerlappen, wie du bist, verhungern lassen?« »Halts Maul!« schrie es, als ein leises Wimmern hörbar wurde, »oder du sollst eine Portion kriegen, an der du acht Tage zu fressen hast.«

Das Wimmern verstummte nicht.

Der Wärter fühlte, wie sein Herz in schweren, unregelmäßigen Schlägen ging. Er begann leise zu zittern. Seine Blicke hingen wie abwesend am Boden fest, und die plumpe und harte Hand strich mehrmals ein Büschel nasser Haare zur Seite, das immer von neuem in die sommersprossige Stirne hineinfiel.

Einen Augenblick drohte es ihn zu überwältigen. Es war ein Krampf, der die Muskeln schwellen machte und die Finger der Hand zur Faust zusammenzog. Es ließ nach, und dumpfe Mattigkeit blieb zurück.

Unsicheren Schrittes trat der Wärter in den engen, ziegelgepflasterten Hausflur. Müde und langsam erklomm er die knarrende Holzstiege.

»Pfui, pfui, pfui!« hob es wieder an; dabei hörte man, wie jemand dreimal hintereinander mit allen Zeichen der Wut und Verachtung ausspie.

»Du erbärmlicher, niederträchtiger, hinterlistiger, hämischer, feiger, gemeiner Lümmel.« Die Worte folgten einander in steigender Betonung, und die Stimme, welche sie herausstieß, schnappte zuweilen über vor Anstrengung. »Meinen Buben willst du schlagen, was? Du elende Göre unterstehst dich, das arme, hilflose Kind aufs Maul zu schlagen? -- wie? -- he, wie? -- Ich will mich nur nicht dreckig machen an dir, sonst …«

In diesem Augenblick öffnete Thiel die Tür des Wohnzimmers, weshalb der erschrockenen Frau das Ende des begonnenen Satzes in der Kehle stecken blieb. Sie war kreidebleich vor Zorn; ihre Lippen zuckten bösartig; sie hatte die Rechte erhoben, senkte sie und griff nach dem Milchtopf, aus dem sie ein Kinderfläschchen voll zu füllen versuchte. Sie ließ jedoch diese Arbeit, da der größte Teil der Milch über den Flaschenhals auf den Tisch rann, halb verrichtet, griff vollkommen fassungslos vor Erregung bald nach diesem, bald nach jenem Gegenstand, ohne ihn länger als einige Augenblicke festhalten zu können und ermannte sich endlich soweit, ihren Mann heftig anzulassen: was es denn heißen solle, dass er um diese ungewöhnliche Zeit nach Hause käme, er würde sie doch nicht etwa gar belauschen wollen; »das wäre noch das Letzte,« meinte sie, und gleich darauf: sie habe ein reines Gewissen und brauche vor niemand die Augen niederzuschlagen.

Thiel hörte kaum, was sie sagte. Seine Blicke streiften flüchtig das heulende Tobiaschen. Einen Augenblick schien es, als müsse er gewaltsam etwas Furchtbares zurückhalten, was in ihm aufstieg; dann legte sich über die gespannten Mienen plötzlich das alte Phlegma, von einem verstohlnen begehrlichen Aufblitzen der Augen seltsam belebt. Sekundenlang spielte sein Blick über den starken Gliedmaßen seines Weibes, das, mit abgewandtem Gesicht herumhantierend, noch immer nach Fassung suchte. Ihre vollen, halbnackten Brüste blähten sich vor Erregung und drohten das Mieder zu sprengen, und ihre aufgerafften Röcke ließen die breiten Hüften noch breiter erscheinen. Eine Kraft schien von dem Weibe auszugehen, unbezwingbar, unentrinnbar, der Thiel sich nicht gewachsen fühlte.

Leicht gleich einem feinen Spinngewebe und doch fest wie ein Netz von Eisen legte es sich um ihn, fesselnd, überwindend, erschlaffend. Er hätte in diesem Zustand überhaupt kein Wort an sie zu richten vermocht, am allerwenigsten ein hartes, und so musste Tobias, der in

Tränen gebadet und verängstet in einer Ecke hockte, sehen, wie der Vater, ohne sich auch nur weiter nach ihm umzuschauen, das vergessene Brot von der Ofenbank nahm, es der Mutter als einzige Erklärung hinhielt und mit einem kurzen, zerstreuten Kopfnicken sogleich wieder verschwand.

3

Obgleich Thiel den Weg in seine Waldeinsamkeit mit möglichster Eile zurücklegte, kam er doch erst fünfzehn Minuten nach der ordnungsmäßigen Zeit an den Ort seiner Bestimmung.

Der Hilfswärter, ein infolge des bei seinem Dienst unumgänglichen, schnellen Temperaturwechsels schwindsüchtig gewordener Mensch, der mit ihm im Dienst abwechselte, stand schon fertig zum Aufbruch auf der kleinen, sandigen Plattform des Häuschens, dessen große Nummer schwarz auf weiß weithin durch die Stämme leuchtete.

Die beiden Männer reichten sich die Hände, machten sich einige kurze Mitteilungen und trennten sich. Der eine verschwand im Innern der Bude, der andere ging quer über die Strecke, die Fortsetzung jener Straße benutzend, welche Thiel gekommen war. Man hörte sein krampfhaftes Husten erst näher, dann ferner durch die Stämme, und mit ihm verstummte der einzige menschliche Laut in dieser Einöde. Thiel begann wie immer so auch heute damit, das enge, viereckige Steingebauer der Wärterbude auf seine Art für die Nacht herzurichten. Er tat es mechanisch, während sein Geist mit dem Eindruck der letzten Stunden beschäftigt war. Er legte sein Abendbrot auf den schmalen, braungestrichenen Tisch an einem der beiden schlitzartigen Seitenfenster, von denen aus man die Strecke bequem übersehen konnte. Hierauf entzündete er in dem kleinen, rostigen Öfchen ein Feuer und stellte einen Topf kalten Wassers darauf. Nachdem er schließlich noch in die Gerätschaften Schaufel, Spaten, Schraubstock usw. einige Ordnung gebracht hatte, begab er sich ans Putzen seiner Laterne, die er zugleich mit frischem Petroleum versorgte.

Als dies geschehen war, meldete die Glocke mit drei schrillen Schlägen, die sich wiederholten, dass ein Zug in der Richtung von Breslau her aus der nächstliegenden Station abgelassen sei. Ohne die mindeste Hast zu zeigen, blieb Thiel noch eine gute Weile im Innern

der Bude, trat endlich, Fahne und Patronentasche in der Hand, langsam ins Freie und bewegte sich trägen und schlürfenden Ganges über den schmalen Sandpfad, dem etwa zwanzig Schritt entfernten Bahnübergang zu. Seine Barrieren schloss und öffnete Thiel vor und nach jedem Zuge gewissenhaft, obgleich der Weg nur selten von jemand passiert wurde.

Er hatte seine Arbeit beendet und lehnte jetzt wartend an der schwarzweißen Sperrstange.

Die Strecke schnitt rechts und links gradlinig in den unabsehbaren, grünen Forst hinein; zu ihren beiden Seiten stauten die Nadelmassen gleichsam zurück, zwischen sich eine Gasse freilassend, die der rötlichbraune, kiesbestreute Bahndamm ausfüllte. Die schwarzen parallellaufenden Geleise darauf glichen in ihrer Gesamtheit einer ungeheuren, eisernen Netzmasche, deren schmale Strähne sich im äußersten Süden und Norden in einem Punkte des Horizontes zusammenzogen.

Der Wind hatte sich erhoben und trieb leise Wellen den Waldrand hinunter und in die Ferne hinein. Aus den Telegraphenstangen, die die Strecke begleiteten, tönten summende Akkorde. Auf den Drähten, die sich wie das Gewebe einer Riesenspinne von Stange zu Stange fortrankten, klebten in dichten Reihen Scharen zwitschernder Vögel. Ein Specht flog lachend über Thiels Kopf weg, ohne dass er eines Blickes gewürdigt wurde.

Die Sonne, welche soeben unter dem Rande mächtiger Wolken herabhing, um in das schwarzgrüne Wipfelmeer zu versinken, goss Ströme von Purpur über den Forst. Die Säulenarkaden der Kiefernstämme jenseits des Dammes entzündeten sich gleichsam von innen heraus und glühten wie Eisen.

Auch die Geleise begannen zu glühen, feurigen Schlangen gleich, aber sie erloschen zuerst. Und nun stieg die Glut langsam vom Erdboden in die Höhe, erst die Schäfte der Kiefern, weiter den größten Teil ihrer Kronen in kaltem Verwesungslichte zurücklassend, zuletzt nur noch den äußersten Rand der Wipfel mit einem rötlichen Schimmer streifend. Lautlos und feierlich vollzog sich das erhabene Schauspiel. Der Wärter stand noch immer regungslos an der Barriere. Endlich trat er einen Schritt vor.

Ein dunkler Punkt am Horizonte, da wo die Geleise sich trafen, vergrößerte sich. Von Sekunde zu Sekunde wachsend, schien er doch auf einer Stelle zu stehen. Plötzlich bekam er Bewegung und näherte sich.

Durch die Geleise ging ein Vibrieren und Summen, ein rhythmisches Geklirr, ein dumpfes Getöse, das, lauter und lauter werdend, zuletzt den Hufschlägen eines heranbrausenden Reitergeschwaders nicht unähnlich war.

Ein Keuchen und Brausen schwoll stoßweise fernher durch die Luft. Dann plötzlich zerriss die Stille. Ein rasendes Tosen und Toben erfüllte den Raum, die Geleise bogen sich, die Erde zitterte -- ein starker Luftdruck -- eine Wolke von Staub, Dampf und Qualm, und das schwarze, schnaubende Ungetüm war vorüber. So wie sie anwuchsen, starben nach und nach die Geräusche. Der Dunst verzog sich. Zum Punkte eingeschrumpft, schwand der Zug in der Ferne, und das alte heilige Schweigen schlug über dem Waldwinkel zusammen.

»Minna«, flüsterte der Wärter wie aus einem Traum erwacht und ging nach seiner Bude zurück. Nachdem er sich einen dünnen Kaffee aufgebrüht, ließ er sich nieder und starrte, von Zeit zu Zeit einen Schluck zu sich nehmend, auf ein schmutziges Stück Zeitungspapier, das er irgendwo an der Strecke aufgelesen.

Nach und nach überkam ihn eine seltsame Unruhe. Er schob es auf die Backofenglut, welche das Stübchen erfüllte, und riss Rock und Weste auf, um sich zu erleichtern. Wie das nichts half, erhob er sich, nahm einen Spaten aus der Ecke und begab sich auf das geschenkte Äckerchen.

Es war ein schmaler Streifen Sandes, von Unkraut dicht überwuchert. Wie schneeweißer Schaum lag die junge Blütenpracht auf den Zweigen der beiden Zwergobstbäumchen, welche darauf standen.

Thiel wurde ruhig und ein stilles Wohlgefallen beschlich ihn.

Nun also an die Arbeit.

Der Spaten schnitt knirschend in das Erdreich; die nassen Schollen fielen dumpf zurück und bröckelten auseinander.

Eine Zeitlang grub er ohne Unterbrechung. Dann hielt er plötzlich inne und sagte laut und vernehmlich vor sich hin, indem er dazu bedenklich den Kopf hin und her wiegte: »Nein, nein, das geht ja nicht«, und wieder: »nein, nein, das geht ja gar nicht.«

Es war ihm plötzlich eingefallen, dass ja nun Lene des öftern herauskommen würde, um den Acker zu bestellen, wodurch dann die hergebrachte Lebensweise in bedenkliche Schwankungen geraten musste. Und jäh verwandelte sich seine Freude über den Besitz des Ackers in Widerwillen. Hastig, wie wenn er etwas Unrechtes zu tun im Begriff gestanden hätte, riss er den Spaten aus der Erde und trug ihn nach der Bude zurück. Hier versank er abermals in dumpfe Grübelei. Er wusste kaum warum, aber die Aussicht, Lene ganze Tage lang bei sich im Dienst zu haben, wurde ihm, so sehr er auch versuchte, sich damit zu versöhnen, immer unerträglicher. Es kam ihm vor, als habe er etwas ihm Wertes zu verteidigen, als versuchte jemand sein Heiligstes anzutasten, und unwillkürlich spannten sich seine Muskeln in gelindem Krampfe, während ein kurzes herausforderndes Lachen seinen Lippen entfuhr. Vom Widerhall dieses Lachens erschreckt, blickte er auf und verlor dabei den Faden seiner Betrachtungen. Als er ihn wiedergefunden, wühlte er sich gleichsam in den alten Gegenstand.

Und plötzlich zerriss etwas wie ein dichter, schwarzer Vorhang in zwei Stücke, und seine umnebelten Augen gewannen einen klaren Ausblick. Es war ihm auf einmal zumute, als erwache er aus einem zweijährigen totenähnlichen Schlaf und betrachte nun mit ungläubigem Kopfschütteln all das Haarsträubende, welches er in diesem Zustand begangen haben sollte. Die Leidensgeschichte seines Ältesten, welche die Eindrücke der letzten Stunden nur noch hatten besiegeln können, trat deutlich vor seine Seele. Mitleid und Reue ergriff ihn, sowie auch eine tiefe Scham darüber, dass er diese ganze Zeit in schmachvoller Duldung hingelebt hatte, ohne sich des lieben, hilflosen Geschöpfes anzunehmen, ja, ohne nur die Kraft zu finden, sich einzugestehen, wie sehr dieses litt.

Über den selbstquälerischen Vorstellungen all seiner Unterlassungssünden überkam ihn eine schwere Müdigkeit, und so entschlief er mit gekrümmtem Rücken, die Stirn auf die Hand, diese auf den Tisch gelegt.

Eine Zeitlang hatte er so gelegen, als er mit erstickter Stimme mehrmals den Namen »Minna« rief.

Ein Brausen und Sausen füllte sein Ohr, wie von unermesslichen Wassermassen; es wurde dunkel um ihn, er riss die Augen auf und erwachte. Seine Glieder flogen, der Angstschweiß drang ihm aus allen Poren, sein Puls ging unregelmäßig, sein Gesicht war nass von Tränen.

Es war stockdunkel. Er wollte einen Blick nach der Tür werfen, ohne zu wissen, wohin er sich wenden sollte. Taumelnd erhob er sich, noch immer währte seine Herzensangst. Der Wald draußen rauschte wie Meeresbrandung, der Wind warf Hagel und Regen gegen die Fenster des Häuschens. Thiel tastete ratlos mit den Händen umher. Einen Augenblick kam er sich vor wie ein Ertrinkender -- da plötzlich flammte es bläulich blendend auf, wie wenn Tropfen überirdischen Lichtes in die dunkle Erdatmosphäre herabsänken, um sogleich von ihr erstickt zu werden.

Der Augenblick genügte, um den Wärter zu sich selbst zu bringen. Er griff nach seiner Laterne, die er auch glücklich zu fassen bekam, und in diesem Augenblick erwachte der Donner am fernsten Saume des märkischen Nachthimmels. Erst dumpf und verhalten grollend, wälzte er sich näher in kurzen, brandenden Erzwellen, bis er, zu Riesenstößen anwachsend, sich endlich, die ganze Atmosphäre überflutend, dröhnend, schütternd und brausend entlud.

Die Scheiben klirrten, die Erde erbebte.

Thiel hatte Licht gemacht. Sein erster Blick, nachdem er die Fassung wieder gewonnen, galt der Uhr. Es lagen kaum fünf Minuten zwischen jetzt und der Ankunft des Schnellzuges. Da er glaubte, das Signal überhört zu haben, begab er sich, so schnell als Sturm und Dunkelheit erlaubten, nach der Barriere. Als er noch damit beschäftigt war, diese zu schließen, erklang die Signalglocke. Der Wind zerriss ihre Töne und warf sie nach allen Richtungen auseinander. Die Kiefern bogen sich und rieben unheimlich knarrend und quietschend ihre Zweige aneinander. Einen Augenblick wurde der Mond sichtbar, wie er gleich einer blassgoldenen Schale zwischen den Wolken lag. In seinem Lichte sah man das Wühlen des Windes in den schwarzen Kronen der Kiefern. Die Blattgehänge der Birken am Bahndamm wehten und flatterten wie gespenstige Rossschweife.

Darunter lagen die Linien der Geleise, welche, vor Nässe glänzend, das blasse Mondlicht in einzelnen Flecken aufsogen.

Thiel riss die Mütze vom Kopfe. Der Regen tat ihm wohl und lief vermischt mit Tränen über sein Gesicht. Es gärte in seinem Hirn; unklare Erinnerungen an das, was er im Traum gesehen, verjagten einander. Es war ihm gewesen, als würde Tobias von jemand misshandelt und zwar auf eine so entsetzliche Weise, dass ihm noch jetzt bei dem Gedanken daran das Herz stille stand. Einer anderen Erscheinung erinnerte er sich deutlicher. Er hatte seine verstorbene Frau gesehen. Sie war irgendwoher aus der Ferne gekommen, auf einem der Bahngeleise. Sie hatte recht kränklich ausgesehen und statt der Kleider hatte sie Lumpen getragen. Sie war an Thiels Häuschen vorübergekommen, ohne sich danach umzuschauen und schließlich -- hier wurde die Erinnerung undeutlich -- war sie aus irgend welchem Grunde nur mit großer Mühe vorwärtsgekommen und sogar mehrmals zusammengebrochen.

Thiel dachte weiter nach, und nun wusste er, dass sie sich auf der Flucht befunden hatte. Es lag außer allem Zweifel, denn weshalb hätte sie sonst diese Blicke voll Herzensangst nach rückwärts gesandt und sich weitergeschleppt, obgleich ihr die Füße den Dienst versagten. O diese entsetzlichen Blicke!

Aber es war etwas, das sie mit sich trug, in Tücher gewickelt, etwas Schlaffes, Blutiges, Bleiches, und die Art, mit der sie darauf niederblickte, erinnerte ihn an Szenen der Vergangenheit.

Er dachte an eine sterbende Frau, die ihr kaum geborenes Kind, das sie zurücklassen musste, unverwandt anblickte, mit einem Ausdruck tiefsten Schmerzes, unfassbarer Qual, jenem Ausdruck, den Thiel ebenso wenig vergessen konnte, als dass er einen Vater und eine Mutter habe.

Wo war sie hingekommen? Er wusste es nicht. Das aber trat ihm klar vor die Seele: sie hatte sich von ihm losgesagt, ihn nicht beachtet, sie hatte sich fortgeschleppt immer weiter und weiter durch die stürmische, dunkle Nacht. Er hatte sie gerufen: »Minna, Minna«, und davon war er erwacht.

Zwei rote, runde Lichter durchdrangen wie die Glotzaugen eines riesigen Ungetüms die Dunkelheit. Ein blutiger Schein ging vor ihnen her, der die Regentropfen in seinem Bereich in Blutstropfen verwandelte. Es war, als fiele ein Blutregen vom Himmel.

Thiel fühlte ein Grauen, und je näher der Zug kam, eine um so größere Angst; Traum und Wirklichkeit verschmolzen ihm in eins. Noch immer sah er das wandernde Weib auf den Schienen, und seine Hand irrte nach der Patronentasche, als habe er die Absicht, den rasenden Zug zum Stehen zu bringen. Zum Glück war es zu spät, denn schon flirrte es vor Thiels Augen von Lichtern, und der Zug raste vorüber.

Den übrigen Teil der Nacht fand Thiel wenig Ruhe mehr in seinem Dienst. Es drängte ihn daheim zu sein. Er sehnte sich, Tobiaschen wiederzusehen. Es war ihm zumute, als sei er durch Jahre von ihm getrennt gewesen. Zuletzt war er in steigender Bekümmernis um das Befinden des Jungen mehrmals versucht, den Dienst zu verlassen.

Um die Zeit hinzubringen beschloss Thiel, sobald es dämmerte, seine Strecke zu revidieren. In der Linken einen Stock, in der Rechten einen langen, eisernen Schraubschlüssel schritt er denn auch alsbald auf dem Rücken einer Bahnschiene in das schmutzig graue Zwielicht hinein.

Hin und wieder zog er mit dem Schraubschlüssel einen Bolzen fest oder schlug an eine der runden Eisenstangen, welche die Geleise untereinander verbanden.

Regen und Wind hatten nachgelassen, und zwischen zerschlissenen Wolkenschichten wurden hie und da Stücke eines blassblauen Himmels sichtbar.

Das eintönige Klappen der Sohlen auf dem harten Metall, verbunden mit dem schläfrigen Geräusch der tropfenschüttelnden Bäume beruhigte Thiel nach und nach.

Um sechs Uhr früh wurde er abgelöst und trat ohne Verzug den Heimweg an.

Es war ein herrlicher Sonntagmorgen.

Die Wolken hatten sich zerteilt und waren mittlerweile hinter den Umkreis des Horizontes hinabgesunken.

Die Sonne goss, im Aufgehen gleich einem ungeheuren blutroten Edelstein funkelnd, wahre Lichtmassen über den Forst.

In scharfen Linien schossen die Strahlenbündel durch das Gewirr der Stämme, hier eine Insel zarter Farnkräuter, deren Wedel feingeklöppelten Spitzen glichen, mit Glut behauchend, dort die silbergrauen Flechten des Waldgrundes zu roten Korallen umwandelnd.

Von Wipfeln, Stämmen und Gräsern floss der Feuertau. Eine Sintflut von Licht schien über die Erde ausgegossen. Es lag eine Frische in der Luft, die bis ins Herz drang, und auch hinter Thiels Stirn mussten die Bilder der Nacht allmählich verblassen.

Mit dem Augenblick jedoch, wo er in die Stube trat und Tobiaschen rotwangiger als je im sonnenbeschienenen Bette liegen sah, waren sie ganz verschwunden.

Wohl wahr! Im Verlauf des Tages glaubte Lene mehrmals etwas Befremdliches an ihm wahrzunehmen; so im Kirchstuhl, als er, statt ins Buch zu schauen, sie selbst von der Seite betrachtete, und dann auch um die Mittagszeit, als er, ohne ein Wort zu sagen, das Kleine, welches Tobias wie gewöhnlich auf die Straße tragen sollte, aus dessen Arm nahm und ihr auf den Schoß setzte. Sonst aber hatte er nicht das geringste Auffällige an sich.

Thiel, der den Tag über nicht dazu gekommen war, sich niederzulegen, kroch, da er die folgende Woche Tagdienst hatte, bereits gegen neun Uhr abends ins Bett. Gerade als er im Begriff war einzuschlafen, eröffnete ihm die Frau, dass sie am folgenden Morgen mit nach dem Walde gehen werde, um das Land umzugraben und Kartoffeln zu stecken.

Thiel zuckte zusammen; er war ganz wach geworden, hielt jedoch die Augen fest geschlossen.

Es sei die höchste Zeit, meinte Lene, wenn aus den Kartoffeln noch etwas werden sollte, und fügte bei, dass sie die Kinder werde mitnehmen müssen, da vermutlich der ganze Tag draufgehen würde.

Der Wärter brummte einige unverständliche Worte, die Lene weiter nicht beachtete. Sie hatte ihm den Rücken gewandt und war beim Scheine eines Talglichtes damit beschäftigt, das Mieder aufzunesteln und die Röcke herabzulassen.

Plötzlich fuhr sie herum, ohne selbst zu wissen aus welchem Grunde, und blickte in das von Leidenschaften verzerrte, erdfarbene Gesicht ihres Mannes, der sie, halb aufgerichtet, die Hände auf der Bettkante, mit brennenden Augen anstarrte.

»Thiel!« -- schrie die Frau halb zornig, halb erschreckt, und wie ein Nachtwandler, den man bei Namen ruft, erwachte er aus seiner Betäubung, stotterte einige verwirrte Worte, warf sich in die Kissen zurück und zog das Deckbett über die Ohren.

Lene war die erste, welche sich am folgenden Morgen vom Bett erhob. Ohne dabei Lärm zu machen, bereitete sie alles Nötige für den Ausflug vor. Der Kleinste wurde in den Kinderwagen gelegt, darauf Tobias geweckt und angezogen. Als er erfuhr, wohin es gehen sollte, musste er lächeln. Nachdem alles bereit war und auch der Kaffee fertig auf dem Tisch stand, erwachte Thiel. Missbehagen war sein erstes Gefühl beim Anblick all der getroffenen Vorbereitungen. Er hätte wohl gern ein Wort dagegen gesagt, aber er wusste nicht, womit beginnen. Und welche für Lene stichhaltigen Gründe hätte er auch angeben sollen?

Allmählich begann dann das mehr und mehr strahlende Gesichtchen seinen Einfluss auf Thiel zu üben, so dass er schließlich schon um der Freude willen, welche dem Jungen der Ausflug bereitete, nicht daran denken konnte, Widerspruch zu erheben. Nichtsdestoweniger blieb Thiel während der Wanderung durch den Wald nicht frei von Unruhe. Er stieß das Kinderwägelchen mühsam durch den tiefen Sand und hatte allerhand Blumen darauf liegen, die Tobias gesammelt hatte.

Der Junge war ausnehmend lustig. Er hüpfte in seinem braunen Plüschmützchen zwischen den Farnkräutern umher und suchte auf eine freilich etwas unbeholfene Art die glasflügligen Libellen zu fangen, die darüber hinaukelten. Sobald man angelangt war, nahm Lene den Acker in Augenschein. Sie warf das Säckchen mit Kartoffelstücken, welches sie zur Saat mitgebracht hatte, auf den Grasrand eines kleinen Birkengehölzes, kniete nieder und ließ den etwas dunkel gefärbten Sand durch ihre harten Finger laufen.

Thiel beobachtete sie gespannt: »Nun, wie ist er?«

»Reichlich so gut wie die Spree-Ecke!« Dem Wärter fiel eine Last von der Seele. Er hatte gefürchtet, sie würde unzufrieden sein, und kratzte beruhigt seine Bartstoppeln.

Nachdem die Frau hastig eine dicke Brotkante verzehrt hatte, warf sie Tuch und Jacke fort und begann zu graben, mit der Geschwindigkeit und Ausdauer einer Maschine.

In bestimmten Zwischenräumen richtete sie sich auf und holte in tiefen Zügen Luft, aber es war jeweilig nur ein Augenblick, wenn nicht etwa das Kleine gestillt werden musste, was mit keuchender, schweißtropfender Brust hastig geschah.

»Ich muss die Strecke belaufen, ich werde Tobias mitnehmen«, rief der Wärter nach einer Weile von der Plattform vor der Bude aus zu ihr herüber.

»Ach was -- Unsinn!« schrie sie zurück, »wer soll bei dem Kleinen bleiben?« -- »Hierher kommst du!« setzte sie noch lauter hinzu, während der Wärter, als ob er sie nicht hören könne, mit Tobiaschen davonging.

Im ersten Augenblick erwog sie, ob sie nicht nachlaufen solle, und nur der Zeitverlust bestimmte sie, davon abzustehen. Thiel ging mit Tobias die Strecke entlang. Der Kleine war nicht wenig erregt; alles war ihm neu, fremd. Er begriff nicht, was die schmalen, schwarzen, vom Sonnenlicht erwärmten Schienen zu bedeuten hatten. Unaufhörlich tat er allerhand sonderbare Fragen. Vor allem verwunderlich war ihm das Klingen der Telegraphenstangen. Thiel kannte den Ton jeder einzelnen seines Reviers, so dass er mit geschlossenen Augen stets gewusst haben würde, in welchem Teil der Strecke er sich gerade befand.

Oft blieb er, Tobiaschen an der Hand, stehen, um den wunderbaren Lauten zu lauschen, die aus dem Holze wie sonore Choräle aus dem Innern einer Kirche hervorströmten. Die Stange am Südende des Reviers hatte einen besonders vollen und schönen Akkord. Es war ein Gewühl von Tönen in ihrem Innern, die ohne Unterbrechung gleichsam in einem Atem fortklangen, und Tobias lief rings um das verwitterte Holz, um, wie er glaubte, durch eine Öffnung die Urheber des lieblichen Getöns zu entdecken. Der Wärter wurde weihevoll gestimmt, ähnlich wie in der Kirche.

Zudem unterschied er mit der Zeit eine Stimme, die ihn an seine verstorbene Frau erinnerte.

Er stellte sich vor, es sei ein Chor seliger Geister, in den sie ja auch ihre Stimme mische, und diese Vorstellung erweckte in ihm eine Sehnsucht, eine Rührung bis zu Tränen.

Tobias verlangte nach den Blumen, die seitab standen, und Thiel wie immer gab ihm nach.

Stücke blauen Himmels schienen auf den Boden des Haines herabgesunken, so wunderbar dicht standen kleine, blaue Blüten darauf. Farbigen Wimpeln gleich flatterten und gaukelten die Schmetterlinge lautlos zwischen dem leuchtenden Weiß der Stämme, indes durch die zartgrünen Blätterwolken der Birkenkronen ein sanftes Rieseln ging.

Tobias rupfte Blumen und der Vater schaute ihm sinnend zu. Zuweilen auch erhob sich der Blick des letzteren und suchte durch die Lücken der Blätter den Himmel, der wie eine riesige, makellos blaue Kristallschale das Goldlicht der Sonne auffing.

»Vater, ist das der liebe Gott?« fragte der Kleine plötzlich, auf ein braunes Eichhörnchen deutend, das unter kratzenden Geräuschen am Stamme einer alleinstehenden Kiefer hinanhuschte.

»Närrischer Kerl«, war alles, was Thiel erwidern konnte, während losgerissene Borkenstückchen den Stamm herunter vor seine Füße fielen.

Die Mutter grub noch immer, als Thiel und Tobias zurückkamen. Die Hälfte des Ackers war bereits umgeworfen.

Die Bahnzüge folgten einander in kurzen Zwischenräumen, und Tobias sah sie jedesmal mit offenem Munde vorübertoben.

Die Mutter selbst hatte ihren Spaß an seinen drolligen Grimassen.

Das Mittagessen, bestehend aus Kartoffeln und einem Restchen kalten Schweinebraten, verzehrte man in der Bude. Lene war aufgeräumt, und auch Thiel schien sich in das Unvermeidliche mit gutem Anstand fügen zu wollen.

Er unterhielt seine Frau während des Essens mit allerlei Dingen, die in seinen Beruf schlugen.

So fragte er sie, ob sie sich denken könne, dass in einer einzigen Bahnschiene sechsundvierzig Schrauben säßen und anderes mehr.

Am Vormittage war Lene mit Umgraben fertig geworden; am Nachmittag sollten die Kartoffeln gesteckt werden. Sie bestand darauf, dass Tobias jetzt das Kleine warte und nahm ihn mit sich.

»Pass auf …« rief Thiel ihr nach, von plötzlicher Besorgnis ergriffen, »pass auf, dass er den Geleisen nicht zu nahe kommt.«

Ein Achselzucken Lenes war die Antwort.

Der schlesische Schnellzug war gemeldet und Thiel musste auf seinen Posten. Kaum stand er dienstfertig an der Barriere, so hörte er ihn auch schon heranbrausen.

Der Zug wurde sichtbar -- er kam näher -- in unzählbaren, sich überhastenden Stößen fauchte der Dampf aus dem schwarzen Maschinenschlote. Da: ein -- zwei -- drei milchweiße Dampfstrahlen quollen kerzengrade empor, und gleich darauf brachte die Luft den Pfiff der Maschine getragen. Dreimal hintereinander, kurz, grell, beängstigend. Sie bremsen, dachte Thiel, warum nur? Und wieder gellten die Notpfiffe schreiend, den Widerhall weckend, diesmal in langer, ununterbrochener Reihe.

Thiel trat vor, um die Strecke überschauen zu können. Mechanisch zog er die rote Fahne aus dem Futteral und hielt sie gerade vor sich hin über die Geleise. -- Jesus Christus! war er blind gewesen? »Jesus Christus -- o Jesus, Jesus, Jesus Christus! was war das? Dort! -- dort zwischen den Schienen … Ha--alt!« schrie der Wärter aus Leibeskräften. Zu spät. Eine dunkle Masse war unter den Zug geraten und wurde zwischen den Rädern wie ein Gummiball hin und her geworfen.

Noch einige Augenblicke, und man hörte das Knarren und Quietschen der Bremsen. Der Zug stand.

Die einsame Strecke belebte sich. Zugführer und Schaffner rannten über den Kies nach dem Ende des Zuges. Aus jedem Fenster blickten neugierige Gesichter und jetzt -- die Menge knäulte sich und kam nach vorn.

Thiel keuchte; er musste sich festhalten, um nicht umzusinken wie ein gefällter Stier. Wahrhaftig, man winkt ihm -- »nein!«

Ein Aufschrei zerreißt die Luft von der Unglücksstelle her, ein Geheul folgt, wie aus der Kehle eines Tieres kommend. Wer war das?! Lene?! Es war nicht ihre Stimme und doch …

Ein Mann kommt in Eile die Strecke herauf.

»Wärter!!«

»Was gibt's?«

»Ein Unglück!« … Der Bote schrickt zurück, denn des Wärters Augen spielen seltsam. Die Mütze sitzt schief, die roten Haare scheinen sich aufzubäumen.

»Er lebt noch, vielleicht ist noch Hilfe.«

Ein Röcheln ist die einzige Antwort.

»Kommen Sie schnell, schnell!«

Thiel reißt sich auf mit gewaltiger Anstrengung. Seine schlaffen Muskeln spannen sich; er richtet sich hoch auf, sein Gesicht ist blöd und tot.

Er rennt mit dem Boten, er sieht nicht die todbleichen, erschreckten Gesichter der Reisenden in den Zugfenstern. Eine junge Frau schaut heraus, ein Handlungsreisender im Fes, ein junges Paar, anscheinend auf der Hochzeitsreise.

Was geht's ihn an? Er hat sich nie um den Inhalt dieser Polterkasten gekümmert; -- sein Ohr füllt das Geheul Lenens. Vor seinen Augen schwimmt es durcheinander, gelbe Punkte, Glühwürmchen gleich, unzählig. Er schrickt zurück -- er steht. Aus dem Tanze der Glühwürmchen tritt es hervor, blass, schlaff, blutrünstig. Eine Stirn, braun und blau geschlagen, blaue Lippen, über die schwarzes Blut tröpfelt. Er ist es.

Thiel spricht nicht. Sein Gesicht nimmt eine schmutzige Blässe an.

Er lächelt wie abwesend; endlich beugt er sich; er fühlt die schlaffen, toten Gliedmaßen schwer in seinen Armen; die rote Fahne wickelt sich darum.

Er geht.

Wohin?

»Zum Bahnarzt, zum Bahnarzt«, tönt es durcheinander.

»Wir nehmen ihn gleich mit«, ruft der Packmeister und macht in seinem Wagen aus Dienströcken und Büchern ein Lager zurecht. »Nun also?«

Thiel macht keine Anstalten, den Verunglückten loszulassen. Man drängt in ihn. Vergebens. Der Packmeister lässt eine Bahre aus dem Packwagen reichen und beordert einen Mann, dem Vater beizustehen.

Die Zeit ist kostbar. Die Pfeife des Zugführers trillert. Münzen regnen aus den Fenstern.

Lene gebärdet sich wie wahnsinnig. »Das arme, arme Weib«, heißt es in den Kupees, »die arme, arme Mutter.«

Der Zugführer trillert abermals -- ein Pfiff -- die Maschine stößt weiße, zischende Dämpfe aus ihren Zylindern und streckt ihre eisernen Sehnen; einige Sekunden und der Kurierzug braust mit wehender Rauchfahne in doppelter Geschwindigkeit durch den Forst.

Der Wärter, anderen Sinnes geworden, legt den halbtoten Jungen auf die Bahre. Da liegt er da in seiner verkommenen Körpergestalt, und hin und wieder hebt ein langer, rasselnder Atemzug die knöcherne Brust, welche unter dem zerfetzten Hemd sichtbar wird. Die Ärmchen und Beinchen, nicht nur in den Gelenken gebrochen, nehmen die unnatürlichsten Stellungen ein. Die Ferse des kleinen Fußes ist nach vorn gedreht. Die Arme schlottern über den Rand der Bahre.

Lene wimmert in einem fort; jede Spur ihres einstigen Trotzes ist aus ihrem Wesen gewichen. Sie wiederholt fortwährend eine Geschichte, die sie von jeder Schuld an dem Vorfall reinwaschen soll.

Thiel scheint sie nicht zu beachten; mit entsetzlich bangem Ausdruck haften seine Augen an dem Kinde.

Es ist still ringsum geworden, totenstill; schwarz und heiß ruhen die Geleise auf dem blendenden Kies. Der Mittag hat die Winde erstickt, und regungslos wie aus Stein steht der Forst.

Die Männer beraten sich leise. Man muss, um auf dem schnellsten Wege nach Friedrichshagen zu kommen, nach der Station zurück, die nach der Richtung Breslau liegt, da der nächste Zug, ein beschleunigter Personenzug, auf der Friedrichshagen nähergelegenen nicht anhält.

Thiel scheint zu überlegen, ob er mitgehen solle. Augenblicklich ist niemand da, der den Dienst versteht. Eine stumme Handbewegung bedeutet seiner Frau, die Bahre aufzunehmen; sie wagt nicht, sich zu widersetzen, obgleich sie um den zurückbleibenden Säugling besorgt ist. Sie und der fremde Mann tragen die Bahre. Thiel begleitet den Zug bis an die Grenze seines Reviers, dann bleibt er stehen und schaut ihm lange nach. Plötzlich schlägt er sich mit der flachen Hand vor die Stirn, dass es weithin schallt.

Er meint sich zu erwecken, »denn es wird ein Traum sein, wie der gestern«, sagt er sich. -- Vergebens. -- Mehr taumelnd als laufend erreichte er sein Häuschen. Drinnen fiel er auf die Erde, das Gesicht voran. Seine Mütze rollte in die Ecke, seine peinlich gepflegte Uhr fiel aus der Tasche, die Kapsel sprang, das Glas zerbrach. Es war, als hielt ihn eine eiserne Faust im Nacken gepackt, so fest, dass er sich nicht bewegen konnte, so sehr er auch unter Ächzen und Stöhnen sich frei zu machen suchte. Seine Stirn war kalt, seine Augen trocken, sein Schlund brannte.

Die Signalglocke weckte ihn. Unter dem Eindruck jener sich wiederholenden drei Glockenschläge ließ der Anfall nach. Thiel konnte sich erheben und seinen Dienst tun. Zwar waren seine Füße bleischwer, zwar kreiste um ihn die Strecke wie die Speiche eines ungeheuren Rades, dessen Achse sein Kopf war; aber er gewann doch wenigstens so viel Kraft, sich für einige Zeit aufrechtzuerhalten.

Der Personenzug kam heran. Tobias musste darin sein. Je näher er rückte, um so mehr verschwammen die Bilder vor Thiels Augen.

Am Ende sah er nur noch den zerschlagenen Jungen mit dem blutigen Munde. Dann wurde es Nacht.

Nach einer Weile erwachte er aus einer Ohnmacht. Er fand sich dicht an der Barriere im heißen Sande liegen. Er stand auf, schüttelte die Sandkörner aus seinen Kleidern und spie sie aus seinem Munde. Sein Kopf wurde ein wenig freier, er vermochte ruhiger zu denken.

In der Bude nahm er sogleich seine Uhr vom Boden auf und legte sie auf den Tisch. Sie war trotz des Falles nicht stehengeblieben. Er zählte während zweier Stunden die Sekunden und Minuten, indem er sich vorstellte, was indes mit Tobias geschehen mochte: Jetzt kam Lene mit ihm an; jetzt stand sie vor dem Arzte. Dieser betrachtete und betastete den Jungen und schüttelte den Kopf.

»Schlimm, sehr schlimm -- aber vielleicht ... wer weiß?« Er untersuchte genauer. »Nein«, sagte er dann, »nein, es ist vorbei.«

»Vorbei, vorbei«, stöhnte der Wärter. Dann aber richtete er sich hoch auf und schrie, die rollenden Augen an die Decke geheftet, die erhobenen Hände unbewusst zur Faust ballend und mit einer Stimme, als müsse der enge Raum davon zerbersten: »Er muss, muss leben, ich sage dir, er muss, muss leben.« Und schon stieß er die Tür des Häuschens von neuem auf, durch die das rote Feuer des Abends hereinbrach, und rannte mehr als er ging nach der Barriere zurück. Hier blieb er eine Weile wie betroffen stehen und schritt dann plötzlich, beide Arme ausbreitend, bis in die Mitte des Dammes, als wenn er etwas aufhalten wollte, das aus der Richtung des Personenzuges kam. Dabei machten seine weit offenen Augen den Eindruck der Blindheit.

Während er, rückwärts schreitend, vor etwas zu weichen schien, stieß er in einem fort halbverständliche Worte zwischen den Zähnen hervor: »Du -- hörst du -- bleib doch -- du -- hör doch -- bleib -- gib ihn wieder -- er ist braun und blau geschlagen -- ja ja -- gut -- ich will sie wieder braun und blau schlagen -- hörst du? bleib doch -- gib ihn mir wieder.«

Es schien, als ob etwas an ihm vorüberwandle, denn er wandte sich und bewegte sich, wie um es zu verfolgen, nach der anderen Richtung.

»Du, Minna« -- seine Stimme wurde weinerlich, wie die eines kleinen Kindes. »Du, Minna, hörst du? -- gib ihn wieder -- ich will ...«

Er tastete in die Luft, wie um jemand festzuhalten. »Weibchen -- ja -- und da will ich sie ... und da will ich sie auch schlagen -- braun und blau -- auch schlagen -- und da will ich mit dem Beil - - siehst du? -- Küchenbeil -- mit dem Küchenbeil will ich sie schlagen, und da wird sie verrecken.«

»Und da … ja mit dem Beil -- Küchenbeil ja -- schwarzes Blut!«
Schaum stand vor seinem Munde, seine gläsernen Pupillen
bewegten sich unaufhörlich.

Ein sanfter Abendhauch strich leis und nachhaltig über den Forst,
und rosaflammiges Wolkengelock hing über dem westlichen
Himmel.

Etwa hundert Schritt hatte er so das unsichtbare Etwas verfolgt,
als er anscheinend mutlos stehenblieb, und mit entsetzlicher
Angst in den Mienen streckte der Mann seine Arme aus, flehend,
beschwörend. Er strengte seine Augen an und beschattete sie mit
der Hand, wie um noch einmal in weiter Ferne das Wesenlose zu
entdecken. Schließlich sank die Hand, und der gespannte
Ausdruck seines Gesichts verkehrte sich in stumpfe
Ausdruckslosigkeit; er wandte sich und schleppte sich den Weg
zurück, den er gekommen.

Die Sonne goss ihre letzte Glut über den Forst, dann erlosch sie.
Die Stämme der Kiefern streckten sich wie bleiches, verwestes
Gebein zwischen die Wipfel hinein, die wie grauschwarze
Moderschichten auf ihnen lasteten. Das Hämmern eines Spechtes
durchdrang die Stille. Durch den kalten, stahlblauen
Himmelsraum ging ein einziges verspätetes Rosengewölk. Der
Windhauch wurde kellerkalt, so dass es den Wärter fröstelte.
Alles war ihm neu, alles fremd. Er wusste nicht, was das war,
worauf er ging, oder das, was ihn umgab. Da huschte ein Eichhorn
über die Strecke, und Thiel besann sich. Er musste an den lieben
Gott denken, ohne zu wissen warum. »Der liebe Gott springt über
den Weg, der liebe Gott springt über den Weg.« Er wiederholte
diesen Satz mehrmals, gleichsam um auf etwas zu kommen, das
damit zusammenhing. Er unterbrach sich, ein Lichtschein fiel in
sein Hirn, »aber mein Gott, das ist ja Wahnsinn.« Er vergaß alles
und wandte sich gegen diesen neuen Feind. Er suchte Ordnung in
seine Gedanken zu bringen, vergebens! Es war ein haltloses
Streifen und Schweifen. Er ertappte sich auf den unsinnigsten
Vorstellungen und schauderte zusammen im Bewusstsein seiner
Machtlosigkeit.

Aus dem nahen Birkenwäldchen kam Kindergeschrei. Es war das Signal zur Raserei. Fast gegen seinen Willen musste er darauf zueilen und fand das Kleine, um welches sich niemand mehr gekümmert hatte, weinend und strampelnd ohne Bettchen im Wagen liegen. Was wollte er tun? Was trieb ihn hierher? Ein wirbelnder Strom von Gefühlen und Gedanken verschlang diese Fragen.

»Der liebe Gott springt über den Weg«, jetzt wusste er, was das bedeuten wollte. »Tobias« -- sie hatte ihn gemordet -- Lene -- ihr war er anvertraut -- »Stiefmutter, Rabenmutter«, knirschte er, »und ihr Balg lebt.« Ein roter Nebel umwölkte seine Sinne, zwei Kinderaugen durchdrangen ihn; er fühlte etwas Weiches, Fleischiges zwischen seinen Fingern. Gurgelnde und pfeifende Laute, untermischt mit heiseren Ausrufen, von denen er nicht wusste, wer sie ausstieß, trafen sein Ohr.

Da fiel etwas in sein Hirn wie Tropfen heißen Siegellacks, und es hob sich wie eine Starre von seinem Geist. Zum Bewusstsein kommend, hörte er den Nachhall der Meldeglocke durch die Luft zittern.

Mit eins begriff er, was er hatte tun wollen: seine Hand löste sich von der Kehle des Kindes, welches sich unter seinem Griffe wand. -- Es rang nach Luft, dann begann es zu husten und zu schreien.

»Es lebt! Gott sei Dank, es lebt!« Er ließ es liegen und eilte nach dem Übergange. Dunkler Qualm wälzte sich fernher über die Strecke, und der Wind drückte ihn zu Boden. Hinter sich vernahm er das Keuchen einer Maschine, welches wie das stoßweise gequälte Atmen eines kranken Riesen klang.

Ein kaltes Zwielicht lag über der Gegend.

Nach einer Weile, als die Rauchwolken auseinandergingen, erkannte Thiel den Kieszug, der mit geleerten Loren zurückging und die Arbeiter mit sich führte, welche tagsüber auf der Strecke gearbeitet hatten.

Der Zug hatte eine reichbemessene Fahrzeit und durfte überall anhalten, um die hie und da noch beschäftigten Arbeiter aufzunehmen, andere hingegen abzusetzen. Ein gutes Stück vor Thiels Bude begann man zu bremsen.

Ein lautes Quietschen, Schnarren, Rasseln und Klirren durchdrang weithin die Abendstille, bis der Zug unter einem einzigen schrillen, langgedehnten Ton stillstand.

Etwa fünfzig Arbeiter und Arbeiterinnen waren in den Loren verteilt. Fast alle standen aufrecht, einige unter den Männern mit entblößtem Kopfe. In ihrer aller Wesen lag eine rätselhafte Feierlichkeit. Als sie des Wärters ansichtig wurden, erhob sich ein Flüstern unter ihnen. Die Alten zogen die Tabakspfeifen zwischen den gelben Zähnen hervor und hielten sie respektvoll in den Händen. Hie und da wandte sich ein Frauenzimmer, um sich zu schneuzen. Der Zugführer stieg auf die Strecke herunter und trat auf Thiel zu. Die Arbeiter sahen, wie er ihm feierlich die Hand schüttelte, worauf Thiel mit langsamem, fast militärisch-steifem Schritt auf den letzten Wagen zuschritt.

Keiner der Arbeiter wagte ihn anzureden, obgleich sie ihn alle kannten.

Aus dem letzten Wagen hob man soeben das kleine Tobiaschen.

Es war tot.

Lene folgte ihm; ihr Gesicht war bläulich-weiß, braune Kreise lagen um ihre Augen.

Thiel würdigte sie keines Blickes; sie aber erschrak beim Anblick ihres Mannes. Seine Wangen waren hohl, Wimpern und Barthaare verklebt, der Scheitel, so schien es ihr, ergrauter als bisher. Die Spuren vertrockneter Tränen überall auf dem Gesicht; dazu ein unstetes Licht in seinen Augen, davor sie ein Grauen ankam.

Auch die Tragbahre hatte man wieder mitgebracht, um die Leiche transportieren zu können.

Eine Weile herrschte unheimliche Stille. Eine tiefe, entsetzliche Versonnenheit hatte sich Thiels bemächtigt. Es wurde dunkler. Ein Rudel Rehe setzte seitab auf den Bahndamm. Der Bock blieb stehen mitten zwischen den Geleisen. Er wandte seinen gelenken Hals neugierig herum, da pfiff die Maschine, und blitzartig verschwand er samt seiner Herde.

In dem Augenblick, als der Zug sich in Bewegung setzen wollte, brach Thiel zusammen.

Der Zug hielt abermals, und es entspann sich eine Beratung über das, was nun zu tun sei. Man entschied sich dafür, die Leiche des Kindes einstweilen im Wärterhaus unterzubringen und statt ihrer den durch kein Mittel wieder ins Bewusstsein zu rufenden Wärter mittelst der Bahre nach Hause zu bringen.

Und so geschah es. Zwei Männer trugen die Bahre mit dem Bewusstlosen, gefolgt von Lene, die, fortwährend schluchzend, mit tränenüberströmtem Gesicht den Kinderwagen mit dem Kleinsten durch den Sand stieß.

Wie eine riesige purpurglühende Kugel lag der Mond zwischen den Kieferschäften am Waldesgrund. Je höher er rückte um so kleiner schien er zu werden, um so mehr verblasste er. Endlich hing er, einer Ampel vergleichbar, über dem Forst, durch alle Spalten und Lücken der Kronen einen matten Lichtdunst drängend, welcher die Gesichter der Dahinschreitenden leichenhaft anmalte.

Rüstig, aber vorsichtig schritt man vorwärts, jetzt durch enggedrängtes Jungholz, dann wieder an weiten hochwaldumstandenen Schonungen entlang, darin sich das bleiche Licht wie in großen, dunklen Becken angesammelt hatte.

Der Bewusstlose röchelte von Zeit zu Zeit oder begann zu phantasieren. Mehrmals ballte er die Fäuste und versuchte mit geschlossenen Augen sich emporzurichten.

Es kostete Mühe, ihn über die Spree zu bringen; man musste ein zweites Mal übersetzen, um die Frau und das Kind nachzuholen.

Als man die kleine Anhöhe des Ortes emporstieg, begegnete man einigen Einwohnern, welche die Botschaft des geschehenen Unglücks sofort verbreiteten.

Die ganze Kolonie kam auf die Beine.

Angesichts ihrer Bekannten brach Lene in erneutes Klagen aus.

Man beförderte den Kranken mühsam die schmale Stiege hinauf in seine Wohnung und brachte ihn sogleich zu Bett. Die Arbeiter kehrten sogleich um, um Tobiaschens Leiche nachzuholen.

Alte erfahrene Leute hatten kalte Umschläge angeraten, und Lene befolgte ihre Weisung mit Eifer und Umsicht. Sie legte Handtücher in eiskaltes Brunnenwasser und erneuerte sie, sobald die brennende Stirn des Bewusstlosen sie durchhitzt hatte. Ängstlich beobachtete sie die Atemzüge des Kranken, welche ihr mit jeder Minute regelmäßiger zu werden schienen.

Die Aufregungen des Tages hatten sie doch stark mitgenommen und sie beschloss, ein wenig zu schlafen, fand jedoch keine Ruhe. Gleichviel ob sie die Augen öffnete oder schloss, unaufhörlich zogen die Ereignisse der Vergangenheit daran vorüber. Das Kleine schlief. Sie hatte sich entgegen ihrer sonstigen Gewohnheit wenig darum bekümmert. Sie war überhaupt eine andere geworden. Nirgend eine Spur des früheren Trotzes. Ja, dieser kranke Mann mit dem farblosen, schweißglänzenden Gesicht regierte sie im Schlaf.

Eine Wolke verdeckte die Mondkugel, es wurde finster im Zimmer, und Lene hörte nur noch das schwere, aber gleichmäßige Atemholen ihres Mannes.

Sie überlegte, ob sie Licht machen sollte. Es wurde ihr unheimlich im Dunkeln. Als sie aufstehen wollte, lag es ihr bleiern in allen Gliedern, die Lider fielen ihr zu, sie entschlief.

Nach Verlauf von einigen Stunden, als die Männer mit der Kindesleiche zurückkehrten, fanden sie die Haustüre weit offen. Verwundert über diesen Umstand stiegen sie die Treppe hinauf, in die obere Wohnung, deren Tür ebenfalls weit geöffnet war.

Man rief mehrmals den Namen der Frau, ohne eine Antwort zu erhalten. Endlich strich man ein Schwefelholz an der Wand, und der aufzuckende Lichtschein enthüllte eine grauenvolle Verwüstung.

»Mord, Mord!«

Lene lag in ihrem Blut, das Gesicht unkenntlich, mit zerschlagener Hirnschale.

»Er hat seine Frau ermordet, er hat seine Frau ermordet!«

Kopflos lief man umher. Die Nachbarn kamen, einer stieß an die Wiege. »Heiliger Himmel« und er fuhr zurück, bleich, mit entsetzensstarrem Blick. Da lag das Kind mit durchschnittenem Halse.

Der Wärter war verschwunden; die Nachforschungen, welche man noch in derselben Nacht anstellte, blieben erfolglos. Den Morgen darauf fand ihn der diensttuende Wärter zwischen den Bahngeleisen und an der Stelle sitzend, wo Tobiaschen überfahren worden war.

Er hielt das braune Pudelmützchen im Arm und liebkoste es ununterbrochen wie etwas, das Leben hat.

Der Wärter richtete einige Fragen an ihn, bekam jedoch keine Antwort und bemerkte bald, dass er es mit einem Irrsinnigen zu tun habe.

Der Wärter am Block, davon in Kenntnis gesetzt, erbat telegraphische Hilfe.

Nun versuchten mehrere Männer ihn durch gutes Zureden von den Geleisen fortzulocken; jedoch vergebens.

Der Schnellzug, der um diese Zeit passierte, musste anhalten, und erst der Übermacht seines Personales gelang es, den Kranken, der alsbald furchtbar zu toben begann, mit Gewalt von der Strecke zu entfernen.
Man musste ihm Hände und Füße binden, und der inzwischen requirierte Gendarm überwachte seinen Transport nach dem Berliner Untersuchungsgefängnisse, von wo aus er jedoch schon am ersten Tage nach der Irrenabteilung der Charité überführt wurde. Noch bei der Einlieferung hielt er das braune Mützchen in Händen und bewachte es mit eifersüchtiger Sorgfalt und Zärtlichkeit.

Lob und Tadel an tessitore@web.de

Bd. 1 *Abenteuer und Fahrten des Huckleberry Finn*, Mark Twain – Bd. 2 *Andersens Märchen*, Hans Christian Andersen - Bd. 3 *Anton Reiser*, Karl Philipp Moritz - Bd. 4 *Aus dem Leben eines Taugenichts*, Joseph Freiherr v. Eichendorff - Bd. 5 *Bahnwärter Thiel*, Gerhard Hauptmann - Bd. 6 *Bambi Eine Lebensgeschichte aus dem Walde*, Felix Salten - Bd. 7 *Bauern, Bonzen und Bomben*, Hans Fallada - Bd. 8 *Bel Ami*, Guy de Maupassant - Bd. 9 *Bergkristall*, Adalbert Stifter - Bd. 10 *Candide oder der Optimismus*, Voltaire - Bd. 11 *Caspar Hauser oder Die Trägheit des Herzens*, Jakob Wassermann - Bd. 12 *Dantons Tod*, Georg Büchner - Bd. 13 *Das Bildnis des Dorian Grey*, Oscar Wilde - Bd. 14 *Das Dschungelbuch*, Rudyard Kipling - Bd. 15 *Das Fräulein von Scuderi*, ETA Hoffmann - Bd. 16 *Das Gemeindekind*, Marie v. Ebner-Eschenbach - Bd. 17 *Das Märchen-briefbuch der heiligen Nächte*, Max Dauphtendey - Bd. 18 *Das Marmorbild*, Joseph Freiherr v. Eichendorff - Bd. 19 *Das Schloss*, Franz Kafka - Bd. 20 *Das Urteil*, Franz Kafka - Bd. 21 (1-3) *David Copperfield I, II, III* Charles Dickens - Bd. 22 *Der abenteuerliche Simplizissimus*, Grimmelshausen - Bd. 23 *Der arme Spielmann*, Franz Grillparzer - Bd. 24 *Der eingebildete Kranke*, Moliere - Bd. 25 *Der ewige Spießer*, Ödön v. Horváth - Bd. 26 *Der Fürst*, Nocolò Machiavelli - Bd. 27 *Der Glöckner von Notre Dame*, Victor Hugo - Bd. 28 *Der goldene Topf*, ETA Hoffmann - Bd. 29 *Der Graf von Monte Christo*, Alexandre Dumas, d.J. - Bd. 30 *Der grüne Heinrich*, Gottfried Keller - Bd. 31 *Der kleine Häwelmann und andere Märchen*, Theodor Storm - Bd. 32 *Der kleine Lord*, Frances Hodgson Burnett - Bd. 33 *Der kleine Prinz*, Antoine de Saint-Exupéry - Bd. 34 *Der letzte Mohikaner*, James Fenimore Cooper - Bd. 35 *Der Prozeß*, Franz Kafka - Bd. 36 *Der Sandmann*, ETA Hoffmann - Bd. 37 *Der Schimmelreiter*, Theodor Storm - Bd. 38 *Der Schuss von der Kanzel*, Conrad Ferdinand Meyer - Bd. 39 *Der Seewolf*, Jack London - Bd. 40 *Der seltsame Fall des Dr. Jekyll und Mr. Hyde*, Robert Louis Stevenson - Bd. 41 *Der Stechlin*, Theodor Fontane - Bd. 42 *Der Sturmheidhof (Sturmhöhe)*, Emily Brontë - Bd. 43 *Der Tor und der Tod*, Hugo v. Hofmannsthal - Bd. 44 *Der Weg ins Freie*, Arthur Schnitzler - Bd. 45 *Der zerbrochene Krug*, Heinrich v. Kleist - Bd. 46 *Deutschland. Ein Wintermärchen*, Heinrich Heine - Bd. 47 *Deutsches Märchenbuch*, Ludwig Bechstein - Bd. 48 *Die Abenteuer der sieben Schwaben*, Ludwig Aurbacher - Bd. 49 *Die Burg von Otranto*, Horace Walpole - Bd. 50 *Die drei Musketiere*, Alexandre Dumas - Bd. 51 *Die Elixiere des Teufels*, ETA Hoffmann - Bd. 52 *Die Geschichte meines Lebens*, Georg Ebers - Bd. 53 *Die Insel Felsenburg*, Johann Gottfried Schnabel - Bd. 54 *Die Judenbuche*, Annette v. Droste-Hülshoff - Bd. 55 *Die Kameliendame*, Alexandre Dumas d.J.- Bd. 56 *Die Kartause von Parma*, Stendhal - Bd. 57 *Die Kreutzersonate*, Lew Tolstoi - Bd. 58 *Die Leiden des jungen Werther*, Johann Wolfgang v. Goethe - Bd. 59 (I-II) *Die Leute von Seldvyla I, II*, Gottfried Keller - Bd. 59-1 *Der Schmied seines Glücks*, Gottfried Keller - Bd. 59-2 *Frau Regel Amrain*, Gottfried Keller - Bd. 59-3 *Kleider machen Leute*, Gottfried Keller - Bd. 59-4 *Pankraz der Schmoller*, Gottfried Keller - Bd. 59-5 *Romeo und Julia auf dem Dorfe*, Gottfried Keller - Bd. 60 *Die Marquise*, George Sand - Bd. 61 *Die Marquise von O.*, Heinrich v. Kleist - Bd. 62 *Die Memoiren der Fanny Hill*, John Cleland - Bd. 63 *Die Ratten*, Gerhard Hauptmann - Bd. 64 *Die Räuber*, Friedrich v. Schiller - Bd. 65 *Die Regentrude*, Theodor Storm - Bd. 66 *Die Reisen des Baron zu Münchhausen* - Bd. 67 *Die Schatzinsel*, Robert Louis Stevenson – Bd. 68 *Die Verlobten*, Allessandro Manzoni - Bd. 69 *Die Verwandlung*, Franz Kafka - Bd. 70 *Die Verwirrungen des Zöglings Törleß*, Robert Musil - Bd. 71 *Die Waffen nieder*, Berta von Suttner - Bd. 72 *Die Wahlverwandtschaften*, Johann Wolfgang v. Goethe - Bd. 73 *Don Carlos*, Friedrich v. Schiller – Bd. 74 *Eduards Traum*, Wilhelm Busch - Bd. 75 *Effi Briest*, Theodor Fontane - Bd. 76 *Egmont*, Johann Wolfgang v. Goethe - Bd. 77 *Ein Held unserer Zeit*, Michail Lermontoff - Bd. 78 *Einsichten und Ausblicke*, Gerhard Hauptmann - Bd. 79 *Emilia Galotti*, Gottold Ephraim Lessing - Bd. 80 *Erinnerungen aus galanter Zeit*, Giacomo Casanova - Bd. 81 *Erzählungen*, Wilhelm Busch - Bd. 82 *Es waren zwei Königskinder*, Theodor Storm - Bd. 83 *Essays*, Michel de Montaigne - Bd. 84 *Franz Sternbalds Wanderungen*, Ludwig Tieck - Bd. 85 *Fräulein Else*, Arthur Schnitzler - Bd. 86 *Frühlings*

Erwachen, Frank Wedekind - Bd. 87 *Gefährliche Liebschaften*, Pierre-Ambroise-François Choderlos de Laclos - Bd. 88 *Gegen den Strich*, Joris-Karl Huysmany - Bd. 89 *Geschichte des Fräuleins von Sternheim*, Sophie von La Roche - Bd. 90 *Geschichte v. braven Kasperl u. dem Annerl*, Clemens Brentano - Bd. 91 *Geschichten aus dem Wienerwald*, Ödön v. Horváth - Bd. 92 *Glanz und Elend der Kurtisanen*, Honore de Balzac - Bd. 93 *Glück und Unglück der berühmten Moll Flanders*, Daniel Defoe - Bd. 94 *Götz von Berlichingen*, Johann Wolfgang v. Goethe - Bd. 95 *Gullivers Reisen*, Jonathan Swift – Bd. 96 *Heidis Lehr und Wanderjahre*, Johann Spyri - Bd. 97 *Heinrich von Ofterdingen*, Novalis - Bd. 98 *Hiob. Roman eines einfachen Mannes*, Joseph Roth - Bd. 99 *Immensee*, Theodor Storm - Bd. 100 *Iphigenie auf Tauris*, Johann Wolfgang v. Goethe - Bd. 101 *Italienische Märchen*, Clemens Brentano - Bd. 102 *Ivannhoe*, Walter Scott - Bd. 103 *Jane Eyre*, Charlotte Brontë - Bd. 104 *Jugend ohne Gott*, Ödön v. Horvath - Bd. 105 *Jürg Jenatsch*, Conrad Ferdinand Meyer - Bd. 106 *Kabale und Liebe*, Friedrich v. Schiller - Bd. 107 *Kasimir und Karoline*, Ödön v. Horvath - Bd. 108 *Kinder- und Hausmärchen*, Gebrüder Grimm - Bd. 109 *Kleiner Mann, was nun*, Hans Fallada - Bd. 110 *König Alkohol*, Jack London - Bd. 111 *Krambambuli*, Marie Ebner-Eschenbach - Bd. 112 *Lausbubengeschichten*, Ludwig Thoma - Bd. 113 *Lavinia - Pauline - Kora*, George Sand - Bd. 114 *Leben und Ansichten des Tristram Shandy, Gentleman*, Laurence Stern - Bd. 115 *Leben und Lüge*, Detlev von Liliencron - Bd. 116 *Lebensansichten des Katers Murr*, ETA Hoffmann - Bd. 117 *Lenz. Der hessische Landbote*, Georg Büchner - Bd. 118 *Lieutenant Gustl*, Arthur Schnitzler - Bd. 119 *Lord Jim*, Joseph Conrad - Bd. 120 *Luise*, Johann Heinrich Voß - Bd. 121 *Madame Bovary*, Gustave Flaubert - Bd. 122 *Märchen*, Wilhelm Hauff - Bd. 123 *Maria Stuart*, Friedrich v. Schiller - Bd. 124 *Max Havelaar*, Multatuli - Bd. 125 *Meister Floh*, ETA Hoffmann - Bd. 126 *Michael Kohlhaas*, Heinrich v. Kleist - Bd. 127 *Minna von Barnhelm*, Gotthold Ephraim Lessing - Bd. 128 *Moby Dick*, Hermann Melville - Bd. 129 *Nathan, der Weise*, Gotthold Ephraim Lessing - Bd. 130 (1-2) *Nils Holgersson wunderbare Reise I, II* Selma Lagerlöf - Bd. 131 *Niels Lyne*, Jens Peter Jacobsen - Bd. 132 *Nußknacker und Mausekönig*, ETA Hoffmann Bd. 133 *Oliver Twist*, Charles Dickens - Bd. 134 *Onkel Toms Hütte*, Herriett Beecher Stowe - Bd. 135 *Peter Schlemihls wundersame Geschichte*, Adalbert von Chamisso - Bd. 136 *Peterchens Mondfahrt*, Gerdt v. Bassewitz - Bd. 137 *Pinocchio*, Carlo Collodi - Bd. 138 *Reinecke Fuchs*, Johann Wolfgang v. Goethe - Bd. 139 *Rheinmärchen*, Clemens Brentano - Bd. 140 *Rinaldo Rinaldini I, II*; Christian August Vulpius - Bd. 141 *Robinson Crusoe*; Daniel Defoe - Bd. 142 *Romeo und Julia*, William Shakespeare - Bd. 143 *Schach von Wuthenow*, Theodor Fontane - Bd. 144 *Schachnovelle*, Stefan Zweig - Bd. 145 *Schatzkästlein des rheinischen Hausfreundes*, Johann Peter Hebel - Bd. 146 *Schelmuffskys Reisebeschreibung*, Christian Reuter - Bd. 147 *Schloss Gripsholm*, Kurt Tucholsky - Bd. 148 *Siebenkäs*, Jean Paul - Bd. 149 *Sternstunden der Menschheit*, Stefan Zweig - Bd. 150 *Till Eulenspiegel*, Hermann Bote - Bd. 151 *Tolldreiste Geschichten*, Honorè de Balzac - Bd. 152 (1-3) *Tom Jones Geschichte eines Findelkindes I, II, III* Henry Fielding - Bd. 153 *Tom Sawyers Abenteuer und Streiche*, Mark Twain - Bd. 154 *Troquato Tasso*, Johann Wolfgang v. Goethe - Bd. 155 *Traumnovelle*, Arthur Schnitzler Bd. 156 *Trost der Philosophie*, Boethius - Bd. 157 *Über den Umgang mit Menschen*, Adolph Freiherr von Knigge - Bd. 158-1 *Wie Uli der Knecht glücklich wird*, Jeremias Gotthelf - Bd. 158-2 *Uli der Pächter*, Jeremias Gotthelf - Bd. 159 *Ungeduld des Herzens*, Stefan Zweig - Band 160 *Ut oler Welt*, Wilhelm Busch - Bd. 161 *Vater Goriot*, Honorè de Balzac - Bd. 162 *Väter und Söhne*, Ivan Sergeeviç Turgenev - Bd. 163 *Verlorene Illusionen*, Honorè de Balzac - Bd. 164 *Von der Freiheit eines Christenmenschen*, Martin Luther - Bd. 165 *Von der Ursache, dem Prinzip und dem Einen*, Bruno Giordano - Bd. 166 *Vor Sonnenuntergang*, Gerhard Hauptmann - Bd. 167 *Walden oder Leben in den Wäldern*, Henry D. Thoreau - Bd. 168 (1-2) *Wallenstein I, II*, Friedrich v. Schiller - Bd. 169 (1-2) *Wilhelm Meisters Lehr- und Wanderjahre*, Johann Wolfgang v. Goethe - Bd. 170 *Wilhelm Tell*, Friedrich v. Schiller